为生命礼赞，为时代存证
真实的生活状态与深度思考

越明 著

北京时代华文书局

图书在版编目（CIP）数据

潮汐 / 越明著. -- 北京 : 北京时代华文书局,
2025. 2. -- ISBN 978-7-5699-5868-3

Ⅰ. I227.7

中国国家版本馆CIP数据核字第2024209JG8号

CHAOXI

出 版 人：陈　涛
责任编辑：沙嘉蕊
责任校对：薛　治
装帧设计：百悦兰棠
责任印制：刘　银

出版发行：北京时代华文书局 http://www.bjsdsj.com.cn
北京市东城区安定门外大街 138 号皇城国际大厦 A 座 8 层
邮编：100011　电话：010-64263661　64261528

印　　刷：廊坊市海涛印刷有限公司
开　　本：880 mm×1230 mm 1/32　成品尺寸：145 mm×210 mm
印　　张：7　字　　数：118 千字
版　　次：2025 年 2 月第 1 版　印　　次：2025 年 2 月第 1 次印刷
定　　价：68.00 元

序言

自青年时期甚至更早，自己也尝试着写了一些自由体诗，后来更青睐于近体诗创作。由于诸多原因，一些诗稿已经遗失，我的创作过程也一直是断断续续的。我深知写诗不易，但付梓成书的这些作品无疑是自己根植于生活土壤的一种精神感悟和情感投射。

诗者，贵在赓续文脉，昂扬激情，为生命礼赞，为时代存证。在当今诗歌如海的世界里，能创作出意新语工、含蓄蕴藉的具有强烈时代印记，又有深刻内涵并引起读者共情的诗歌作品，自然是每一位作者之幸事。

文以明道，诗以咏怀。诗歌，特别是格律诗是需要细品的，需要恬淡的心怀反复吟诵，方可察见和辨析其深邃的意象、细微的情感变化以及蕴含其间的隽永意味。当然，笔者也十分推崇自由体诗，这是诗学的进步和发展。就诗而言，它未必姿态万千，却可以光耀古今；它或许难以遮挡风雨，却能滋润人们的心灵。我们有幸生活在一个诗的国度里，中华传统诗歌的艺术魅力穿越了时空，以其博大精深的雄浑豪迈气象和清旷飘逸的绚丽之美，极大丰富了世人的精神文化生活，促使人们灵魂纯净和升华，并使包括众多读者和作者在内的情感有所寄托、有所启示和鼓舞。

春华秋实，岁月更迭。心若有爱，甘之如饴。这部诗作对我而言，无论是抒情言志、写景状物，还是寓理载道、闲情偶寄，皆是将自己眼之所见、心之所想、思之所悟、情之所融倾注于笔端，拾掇成诗。我曾两次游览黄山，为了表现出其雄伟峻拔的气势，以及松海云川的特点，我力求起笔疏放，铺排工致，而不是缺少意韵，落入窠臼。比如诗的颔颈两联："芳草锦簇飞鸟啭，瀑水奔流玉潭清。云海涌动风乍起，松林相映日正明。"通过动静相生，远近相衬的描写，以期增强作品的韵律感和画面感。从以诗入画的角度讲，这首诗有点大写意的味道。

诗之生命，源于其幻化无形的艺术感染力，必然会融入作者的人生感悟、哲学思考与人文关怀。回忆当年自己站在岳麓书院的门前，静静地感受着历史的沧桑变迁，不久后写下了两首七律，其中一首的颔颈两联为：“悲欢叙意知兴废，俯仰相看论古今。育才唯教师为范，研学于勤品贵真。”诗中想要传递的思想情感由此可见一斑。

“一切艺术都在朝着诗发展，一切艺术都有诗的性质。”诚如斯言。社会生活是多元化的，诗者，理应随着时代的发展拓宽视野，广泛取材，从社会生活与实践中获取营养和灵感，为传统诗歌的传承和繁荣鼓与呼。这不仅是个体的精神观照和情感证物，更是赋予生活本身应有的蓬勃生机与诗意。诚然，作品中的瑕疵和不足在所难免，但每篇的主旨、表现手法和个人风格已有所呈现。这部诗集在达成作者多年愿望的同时，亦是对个人创作历程的慰藉和纪念。

越明

甲辰年仲夏于郑州

旅怀

往来清川上，泊舟葭苇旁。
谁人题诗去，烟雨著苍茫。

春日即景

柳絮因风起，花簇正缤纷。
呢喃双飞燕，共舞又一春。

品茶

清心知几许，得以度时光。

入怀不解饮，更觉麦茶香。

遣怀

澄心素如雪，至情淡若茶。

春归赋桃李，秋来赏菊花。

立冬

依稀风渐起，欻然嘘轻寒。

日色惜暖照，飞鸟几时还。

峨眉山行二首

凭临景色新，云海绕山门。

峰极蜀天阔，净心已无尘。

松杉结为邻，瀑流独望频。

我于云峰上，寄语谪仙人。

闲趣

琴韵撩心曲，消得终日悠。

时令晴方好，笔墨写春秋。

归途

松涛风送客，薄暮雨闻声。

我心向明月，山水又一程。

紫荆山公园

卉园多异彩，紫蕤春又生。

柳梢青犹嫩，归鸟抱枝鸣。

秋菊

晚来秋意浓，薄寒憩菊丛。

贞姿尤奇丽，枝头绽芳容。

敦煌行

漠海连天际，绵延泻黄沙。
远行千里外，夕阳醉流霞。

龙泉宝剑

淬砺始成器，精芒映此身。
七星千古事，浩然铸坚贞。

荔枝

岭南霁雨后，欣喜入万家。

轻啜胜甘露，共此好年华。

游青天河桃花景区

嫩红轻掩面，枝头鸟弄弦。

遥看春如画，诗心已灿然。

咏松

日暮闻天籁，岁寒知劲节。

凭高云深处，苍翠永不绝。

读张大千观音纸本设色立轴图

自见菩提心，南海起潮音。

玉手施甘露，千里共祥云。

湖畔远眺

如意湖上景，春来碧波滢。

芳馨织两岸，入怀风正轻。

山雀

扑扑亦啁啾，最喜空山幽。

寻来还不见，倏然蹿枝头。

与友人纵马豫北乡间

飞袖掠清风，策马还向东。
乡野多歧路，没入黄尘中。

春游洛阳

悠悠洛阳城，水席宴宾朋。
四月花似锦，行旅趁东风。

新柳

莺语初闻声，湖畔绿相迎。

参差多奇丽，芊芊舞春风。

二月兰

碧草何坚劲，殷勤更护花。

丰姿秀原野，丽紫缀寒葩。

漫兴

共我一轮月，相望影婆娑。

清心如碧水，潺沄泛鲜啅。

梅韵

梅约寒枝俏，春意已三分。

临霜香未减，冰雪更精神。

贺神舟七号成功发射

征衣情满胸，飞天傲苍穹。
乘势期可待，玉宇铸丰功。

习书

翰墨色犹重，湖笔锋尚坚。
时而习古帖，满纸乱云烟。

无题

玉竹隐山林，亭台无处寻。

蛩鸣动忧绪，步月浥轻尘。

秋行

竹依山间绿，叶逐水中流。

芦风空写意，江岸一芥舟。

野草

郊陌纤草绿，芳讯有谁知。

沥沥新雨后，不负春来迟。

夜思

日暮水清浅，春去月玲珑。

斜逸身似隐，思绪又随风。

赏石松先生书法

天然真情趣，朴茂意象深。

清雅显风韵，雄浑见精神。

春日偶作

草陌花香郁，林木鸟啼声。

临风舒襟袖，瑞日渐分明。

夏日垂钓

红萼玉蝶飞，淇水临翠微。
只此好风日，钓得满池辉。

咏曹子建《洛神赋》

眉弓弦月起，面靥红霞生。
娴静花临水，十步暗香盈。

偶成

起向庭中立，浅吟茶自斟。

去日情思远，相忆曾几人。

冬夜

岁暮一夜雪，皎似月华浓。

旋步留倩影，婉约庭院中。

夏荷

袅娜新姿态，水芸试红妆。

相偎半遮面，从风自荡漾。

园林一隅

云浮风日暖，竹茂石径深。

鸟啼高枝上，乐此共天真。

童趣

淡月微风夜，荷扇纳初凉。

匍匐花偷笑，逗童捉迷藏。

咏梅

素妆天又雪，争相数梅花。

独枝别有韵，凌寒春更发。

观禅宗少林音乐大典

宝刹仲秋夜，
五彩耀华灯。
皓月连光影，
石乐伴钟声。
悠闲入禅境，
欣然慰平生。
心会菩提意，
庄严此山中。

咏陈氏太极拳

武学竞风采，
传承太极功。
虚实宜接连，
开合定圆通。
刚柔当自主，
动静必相融。
物象皆此理，
运化妙无穷。

春游重渡沟

日色晴欲暖，
溪流不觉寒。
翠篁遮蹊径，
白练坠深潭。
嶙嶙石为枕，
潇潇水作帘。
花蝶共春韵，
疑似在桃源。

观影片《太行山上》

壮士何所求，
国破可断头。
朔风冻野岭，
飞雪漫松虬。
浴血赴疆场，
舍身灭敌仇。
救亡图抗战，
烽火遍九州。

南湾湖

万顷碧波涌，

轻舟绕碕湾。

绿岛尽风影，

南湖皆云山。

绀园尘心静，

华林鸟语欢。

品茗汲春水，

景澄共陶然。

雪莲花

无关争野色，

天生独不群。

冰姿傲风雨，

仙韵唤芳魂。

菁华方解意，

雪肌又相亲。

青峰含远黛，

自然共晨昏。

初夏临万州感赋

行旅逾千里，

江岸聚名都。

青龙喜飞练，

太白醉倾壶。

畅怀群山秀，

放眼白云舒。

万川终入海，

安能复踟蹰。

濮上生态园

时令九月秋，

苍翠映清流。

湖光涟漪丽，

岸桥路径幽。

鸟飞惊枝叶，

鱼跃荡轻舟。

此园多逸兴，

更欲向芳洲。

瞻安阳中国文字博物馆

泱泱古国史，

文字溯渊源。

甲骨名天下，

篆隶行千年。

琳琅呈遗迹，

厚重著诗篇。

百代兴亡事，

沧海已桑田。

画兰

空谷淹岁月，

风雨不由身。

青葱欲凝露，

芳洁可喻人。

分韵偏写意，

习墨自随心。

清虚各有态，

旁生过眼春。

夜读

巷陌行人少，

灯火万千家。

夜夕一窗雪，

芳春满树花。

静思开书卷，

余香漫绿茶。

笺上空留迹，

似曾见月华。

游常德桃花源

武陵不辞远，

悠然入玄亭。

近水花争艳，

穿林鸟飞鸣。

吟咏驰思绪，

纵览生幽情。

古洞天地外，

几度又相迎。

听歌曲《半壶纱》

才呷一春水，

清风已入喉。

芳颜容易去，

兰心尚可留。

残香逝旧念，

淡墨染轻愁。

共谁作闲吟，

曲和声更悠。

荷塘夜吟

回望田舍远，
谁与共清光。
月明池照影，
风吹叶飘香。
蛙鸣添幽趣，
花开著诗章。
此际无连雨，
不必数沧桑。

新春家宴

烹煎试身手，

厨下起炊烟。

入味汤汁美，

料足鲈鳜鲜。

瓜甜解香腻，

杯清泛酡颜。

吉祥呈贺岁，

欢情共团圆。

越秀公园

闲适游兴起，

流连画屏中。

竹韵生机满，

湖光秀色融。

楚庭五羊仡，

紫薇一树红。

随步心向岭，

碑志沐清风。

秋夜有怀

夜静燃红烛，
独对意若何。
兰桂分月影，
花墙趁绿萝。
子期恐难觅，
离骚耽自酌。
寂历愧不才，
岁月岂蹉跎。

西行随感

数峰连天碧，
群芳入眼娇。
云岚隐蹊径，
雁翎冲九霄。
竹林姿态美，
泉壑山势峣。
但得初心在，
放怀情自逍。

普陀山南海观音

极目南天远，
近海竹为邻。
梵阁余音缈，
琉璃景色新。
垂慈千般愿，
执轮万道金。
百尺莲台上，
俯首共融心。

赞无腿勇士夏伯渝成功挑战珠峰

雄心拔地起，

踔厉勇争先。

志当凌绝顶，

何惧赴冰川。

身残犹奋进，

路艰更向前。

圆梦云峰上，

眉宇天地间。

游惠州罗浮山朱明洞景区

碧峰尘烟杳，

白莲湖上亭。

青士依山绿，

瀑泉漱石鸣。

道宫三清寂，

仙源百草生。

涧溪留客影，

岭南起思情。

感吟

深虚萦此际，

阒然望中迷。

凤蝶伤春尽，

客子惜莺啼。

云聚韬光隐，

荫浓绿草萋。

物我红尘外，

何以起遥思。

谒成都武侯祠

灵祠拥碧水，

千载柏木森。

师出唯两表，

疆定已三分。

尽瘁平生志，

犹惜故国春。

江山情未了，

丹忱励世人。

忆旧游

临牖迎朝旭，
日斜辨林鸦。
芳残垂枯荷，
风扬起蒹葭。
云山羁野客，
江流泛浅沙。
鸿雁千里外，
平生意自遐。

春雪

桃月新气象，

琼瑶满东轩。

散漫犹如絮，

旋飞即成篇。

客行归故里，

花开著玉颜。

长空共一色，

水墨兴未阑。

黄山松

缘自山中来，
俯视即千寻。
虬枝留风骨，
气韵铸精魂。
遥思凭鹤梦，
画卷题诗文。
云海飘然去，
照临行路人。

傍晚登南京玄武湖古城墙

烽烟龙虎地，
天道自有常。
筑垒横北斗，
枕戈历风霜。
史迹声名远，
雄姿气势昂。
入夜遍灯火，
金陵岁月长。

山中观瀑

漱玉何所似，

飞流万千重。

鸣弦涧溪上，

叠韵画图中。

鸟惊逐新雨，

蝶舞趁春风。

从容无限意，

天地皆盈冲。

夏日纪行

林麓溢清韵，

涉履过青溪。

瀑倾素如练，

雨晴灿若霓。

泉酿杯中酒，

风乱身上衣。

心安结庐境，

梦吟误归期。

灵隐寺

青霭出远岫，

翠柏接飞甍。

空灵心似佛，

静泊意犹僧。

翰墨传典籍，

福德惠众生。

随影向高阁，

俯察万象升。

观珠海渔女雕像

波峰共潮涌，

海天碧犹蓝。

温婉渔家女，

靓丽香炉湾。

平桥簇情侣，

明珠引风帆。

浪漫声名远，

绮梦此时圆。

无题

沧海天涯路，
栖旅自漂泊。
抚卷闲度日，
优游复巡睃。
松窗月华满，
萱草湛露多。
愿无愁丝结，
从容任洒脱。

无题

萍踪无远近，

行客赴江楼。

瑟瑟风中雨，

茕茕水上鸥。

青州梦易醒，

残灯影难留。

对镜成独笑，

失忘乐与忧。

四时清咏

钟灵多造化，

岁序遁流光。

梅开冬欲尽，

桃灼正芬芳。

红衣眠月色，

金蕊傲风霜。

唯松冰雪绿，

晚籁送宫商。

题桂林芦笛岩

清奇景如画，

亭榭桥飞鸾。

七彩芦石落，

千姿玉瀑悬。

玄妙迷真境，

幽深索洞仙。

天工生系象，

瑰玮韵留笺。

偶题

枝繁菊清瘦，
几度风露侵。
去留冲天鹤，
得失种柳人。
孤怀终难语，
苦吟更伤神。
世事心境外，
闲逸任天真。

泉州西街

飞檐铺彩绘，
坊巷映日新。
古寺塔分立，
红芳树比邻。
名昭史留迹，
物阜客通津。
鲤城青石路，
熙攘又纷纷。

夏日游湖

柳荫迎归客，
云影绕竹亭。
水暖鸭相戏，
花深鸟齐鸣。
岸犹近峰聚，
舟自向桥行。
风吹湖水绿，
莞尔最多情。

偶书

岭下炊烟袅，

稻秧巧移栽。

葱翠竹枝瘦，

柔嫩杏花开。

踏青缘心动，

闻香趁蝶来。

今朝步峰顶，

袖手拂尘埃。

春日有作

恬淡承诗兴，

蕙兰探清幽。

云天雁北往，

客船水东流。

忆昔偏在夜，

旅思岂唯秋。

幻梦终难禁，

庄蝶竞自由。

冬日访南疆交河故城

沧桑浑如梦，

斑驳生土墙。

都护始西域，

关郡溯盛唐。

饮马风声暗，

勒石日影凉。

而今循故道，

蓦然九回肠。

山乡纪行

时新风物好，

篱落衬蔷薇。

逶迤山叠嶂，

明澈水潆洄。

闲吟觅佳句，

释怀付春晖。

我心如燕羽，

深浅轻自飞。

晚秋

秋高云淡天欲霜，空翠鸣雀绕亭廊。
徒步山林随坐卧，任我清啸咏松篁。

青岛栈桥

长虹远引向深蓝，亭畔飞檐海色寒。
鸥翔琴屿风涛上，浪潮奔涌纵轻帆。

蒲公英

嫩绿丛生六月花，焉知似雪洁无瑕。

无意群芳争艳丽，愿与清风向天涯。

南天一柱

飞云万里逐浪高，碧水金沙散尘嚣。

更有南海擎巨柱，雄峙天涯领风骚。

樱桃沟拾趣

果簇团团亦玲珑，叶繁枝茂透鲜红。

农家殷勤采摘早，与客尝新味不同。

心语

毫锥在手锋行健，自然天成韵为先。

愿同水墨共一色，留得清雅天地间。

题墨竹图

相知莫过芊芊竹，清风徐来舞姿姝。

览尽园中千枝叶，挥毫泼洒水墨图。

花城春景

木棉花韵万千枝，珠江丽水正春时。

恰逢归鹭夕阳下，放逸情怀赋新诗。

龙门石窟

奉先寺

形神奕彩胜天工，摩崖趺坐自雍容。
伊阙向日夺心魄，名扬万里几相逢。

莲花洞

西山洞开释经文，莲花飞天不染尘。
妙然如生明真性，魏唐风骨聚精魂。

万佛洞

两岸青峦伊水滨，半壁石窟喻世人。
淡然无我观自在，匠心竞秀更绝伦。

客居

依稀新柳绿竹窗，青青嫩芽惹唇香。

怡情自是门庭外，繁花争艳泛春光。

秋夜

是夜冷风透轻纱，月出山岭过农家。

林间碧丛生情愫，闲心坐看咏菊花。

庐山吟

奇峰千仞乱云生，飞瀑如练雨空蒙。
通灵钟鸣应在此，却闻松壑天籁声。

八达岭

大漠逐尽逝狼烟，风起云涌天地间。
追思无限临胜迹，雄关已隔万重山。

夜观烟火

花焰熠彩尽欢情，谁人月下笑声盈。

但看中宵星如雨，撷取红光照前庭。

听箫

水畔天青步玉箫，曲意幽婉亦清寥。

侠骨丹心昭日月，霜欺雪侵自逍遥。

登西安古城墙

谁缚苍龙止锋戈，雄踞要津竟天泽。

西朝轶事诗长吟，古乐新曲应春和。

窗台

轩窗虚掩透绿枝，正是春光烂漫时。

披卷独咏忽飞雀，蹑足斜视窃听诗。

春思

梨花吐蕊惜春生，柳梢拂面鹊争鸣。
漫纵诗情歌一曲，云霞溢彩韵初成。

观旧照有感

忆中岁月似水长，迂讷自安细端详。
抱朴存真知谁问，春茶琴韵律独香。

江上闲吟

一江碧水向东流，流水苇花亦轻柔。
澄波飞鹭焉有意，夕阳西下共深秋。

山居夜吟

临窗依水半遮扉，独立寒阶又何为。
只今数语诗词曲，莫负情怀岁月催。

悼余旭

泪洒崇州忆音容，万众含悲祭英灵。
励志犹承九霄上，强军追梦赴征程。

春行即兴

燕语随行近乡村，田畴池畔静无人。
闲云一片岭上看，桃李嫣然满眼春。

游千岛湖

骋怀不妨兰舟渡，赏心岂止山水图。
我欲因之思吴越，烟波浩渺似蓬壶。

庭外漫步

蜂蝶戏舞触花香，林荫深处散清凉。
举目云天多变幻，赖有诗情付夕阳。

初春与妻在东区昆丽湖晨练

日生新绿最高枝，嫩芽萌动鸟先知。

寸心已把春约定，助健筋骨正逢时。

月牙泉

荒漠古道向天倾，灵池胜地踏沙行。

一泓清泉誉千载，月华如水总生情。

屈原

逝水沅湘为君殇，悲风掠地何彷徨。
一腔孤愤几掬泪，九死不悔诉衷肠。

骊歌琼佩入湘江，木兰花落秋菊黄。
千载离骚沥忠胆，万古长嗟黯神伤。

西风缭乱社稷荒，泽畔行吟空断肠。
怀之不遇弃重器，试向天问独空响。

鸿雁

俯仰北望辞飞鸿，逝水扬波度清风。
奋翼直上声悠远，情归何处再相逢。

江行

一汀烟雨远前尘，岭南棹歌曲江春。
恬淡诗情谁与共，迢迢羁旅日西沉。

除夕即景

烟花锦簇兴未阑，满城喧愿玉漏残。

极尽纷华长相守，呼儿唤女拜新年。

夜游嘉陵江

满载江城江水声，月浸江流灯火明。

冷风依旧凭栏立，一江堤岸入画屏。

题睡莲

斜阳芳草影踟蹰，曲岸倾心水上姝。
青红几许无喧扰，漫向亭台意已足。

无题

浮华逝水似南柯，世事纷纭争奈何。
身有余闲茶半盏，寥落一曲对月歌。

感春

柳上眉梢日渐长，梨花风韵杏花妆。
纵将繁英吹作雪，犹见玉蝶觅清香。

咏桂

临风曳影花自开，桂馨扑面释情怀。
最是此际秋光好，不教寸心惹尘埃。

于成龙

两袖清风一担轻，沥胆为民总生情。
唯愿此生无遗恨，何计身后功与名。

为山海关抗日保卫战而作

喋血疆场捍河山，朔风凌冽涌巨澜。
谁自横刀向天笑，唯我中华好儿男。

贺首艘国产航母入列

扬我国威意方遒，自当奋起立潮头。

鲸涛奔涌巨龙舞，四海纵横固金瓯。

过赤壁

横槊列阵旌旗风，三分天下竞称雄。

江畔犹闻苏子赋，芳樽共饮探遗踪。

偶成

寄情兰亭水流觞，莫将此生负春光。

入怀写意泼云墨，气韵飞扬著华章。

乔迁新居

庭前胜日花色新，福蕴新居喜作吟。

坐观白云闻啼鸟，我与田园为近邻。

农家小聚

油浸两面薄饼酥，菇香肉嫩稻米熟。
轻烟漫笼方有味，会心一笑又倾壶。

游青海金银滩草原

风吹沃野列经幡，草色青青花正妍。
遥忆当年牧羊女，歌声婉转在天边。

观舞蹈《小城雨巷》

嫣然顾盼过桥西，轻风旋舞雨迷离。
几许笛音疑似梦，芳心相忆又相依。

游春

远岫烟青泛长汀，紫陌蹊径踏春行。
柳靥轻扬寻燕影，桃红吐绽香气清。

兴怀

园中独坐吟古风，把盏释怀意兴浓。
梅萼兰馨赋新韵，逍遥笺上与谁同。

过豫东平原

冬日长空竞苍茫，枝丫劲挺傲寒霜。
纵横阡陌生新绿，落尽飞雪过淮阳。

观棋

世事如棋弈者知，谁究此味辨爻辞。
楚汉争雄系一念，乾坤未定曾几时。

海鸥

旭日晨晖千重浪，海天无际竞飞翔。
汽笛声中凭栏看，任由风轻伴远航。

李白

畅怀天地山水间，惊风泣雨赋诗篇。
谁人放歌须纵酒，仰天长笑一神仙。

雄才千古妙诗文，仙风道骨绝世尘。
峨眉魂梦巴蜀客，共邀日月咏乾坤。

披衣仗剑独远游，壮怀逸兴楚天秋。
自古征途多阻遏，大鹏飞兮任去留。

祝福女儿十八岁生日

年年今日寄深情，笑语嫣然正芳龄。
笃行致远当珍重，何须赘言费叮咛。

映雪红梅

犹衬寒枝傲冰霜，殷殷红萼自芬芳。
春时已近忽莞尔，试向谁人扮新妆。

太极拳风采

乾坤震兑叹奇功，沉腰伏虎走游龙。
气运丹田壮体魄，轻灵雄健亦从容。

咏兰

幽谷空灵景色姝，碧玉参差入芳图。
同结蕙心香自远，占尽风情影不孤。

九畹清绝倍自珍，新妆初剪馥郁侵。
丛中素蕤犹怀楚，孤标高韵叹灵均。

亚龙湾

霞光溢彩映长空，海风击浪万千重。
白鸥翔羽波峰起，琼崖椰岛俱葱茏。

沙滩丽影暖风轻，潮水如练海天明。
欢情几许共心语，忘却尘羁逐浪行。

春日絮语

四月莺飞谷雨天，疏林映水似江南。
东风随处戏丝柳，春霖着意绿畦田。

元宵夜家宴

上元夜里雪初消，其乐融融话今宵。
桂花香馅添水煮，啖尝竹笋烹佳肴。

春望

姹紫千红淡淡香，花开柳绿春日长。
莫怪飞絮遮望眼，只缘此身在洛阳。

携妻子与女儿公园划船

云衫红袖倍相亲，棹桨摇天笑语频。
柳曳湖畔水光浅，靓丽黄花夏日新。

河畔漫步

水鸟翩飞柳荫垂，柔波轻漾泛余晖。
叶乱蝉音风拂面，芙蕖向晚待月归。

题栀子花

从风吐艳几回眸，故园香浅许无忧。

玉洁源自由天性，丹青莫负写清流。

登高远眺秋日余晖

远山青黛隐云天，霓帔千里落日圆。

飞鸟觅踪穿林去，西风盈袖又青衫。

秋语

雨霁徒行未觉迟，一缕情丝寄绿枝。
且随竹风探幽径，暂共山菊赋秋词。

咏钧瓷

几经幻化夺天工，水月风清意象融。
绝响千载承国粹，明洁如玉灿若虹。

浑然天成韵无穷，绛紫青蓝火焰红。
执手馈赠君子意，趣兴高远古今同。

参观巩义豫西抗日根据地纪念馆

柏茂根深壮军魂，策马中原百战身。

今朝追忆风云涌，鼓角催征沥忠忱。

读陆游《书愤》有作

忠愤难平奋笔书，唯愿策马灭胡虏。

忧怀社稷鬓如雪，世事多艰复何如。

河滨即景

莺燕枝头巧弄姿，舞动轻风杨柳丝。
麦绿桃红连芳草，遥襟甫畅画中诗。

咏怀

迟来群山云蔽日，回看沧海月涌潮。
春光无限登临兴，壮心不已趁今朝。

梨花

晓景初看梨花雪，迎风绰约满枝头。

流连不知身是客，未赋春词岂肯休。

书房

墨色洇染意自翩，临池学书几日闲。

香茗未尽犹清澈，堂前数尺已高悬。

北京奥运

奥运圣火耀星空，中华健儿势如虹。
百年追梦终遂愿，盛世腾跃东方龙。

北戴河鹰角亭感怀

日暮听涛忽忘归，畅怀心绪伴霞飞。
沧海碣石连幽燕，引领风骚筑诗碑。

江中远望

鸿雁剪影声渐消，青峦两岸尽妖娆。
轻舟入画连天阔，沉云逝水起风涛。

辛丑年夏日郑州抗洪感赋

骤雨狂倾未成眠，众擎并举共驰援。
热血精诚千钧力，悲喜相拥报平安。

咏竹

昨夜西风自铿锵，纵生高节气韵长。
一任霜侵傲清骨，凌寒峭立亦苍琅。

漓江游

斜晖晚照漓江秋，峰峦叠翠水韵悠。
好风吹送数十里，幻入仙境泛轻舟。

山中夜色

群山叠嶂浮远空，遥看青崖明月松。

泉石流水花零落，纷繁剪影隐深丛。

孟秋之夜在郑东新区为女儿拍照

湖桥柳岸凭玉栏，顾盼神飞展笑颜。

姿影绰约风盈袖，夏夜如诗月正圆。

鸡公山远眺

瀑泻峰涧别袂分，望断氤氲何处寻。
水入江淮山野阔，夏至风轻最宜人。

江城夜景

江畔客舟载歌行，波光相映晚风轻。
此际犹怜江上月，山城灯火两分明。

野炊

鲫鱼鲜汤炖腐竹，乡陌飘香一火炉。
惬心自娱茶作酒，淡却矜奢与繁芜。

山行随笔

葱茏林海漫山崖，四顾苍茫云笼纱。
今日偏爱东风暖，群峰秀峙瀑飞花。

暮春攀阶杖履轻，浮云缭绕伴此行。
气静神怡人未老，林寒涧肃风已平。

过乌衣巷

古巷灯火温尚存，世间传诵旧主人。

谢家玉树今何在，且待来日重叩门。

青海湖

白云照水碧如蓝，鱼鸥翔舞过浅滩。

一舟浴波天涯远，万顷瑶池卧高原。

赏花

谁自娉婷秀芳丛，漫向庭前相映红。

去留无妨凭君看，与蝶共舞笑春风。

登峨眉山观日出

峨眉山势凌九霄，引来仙侠吹玉箫。

日出东方红胜火，万顷云海起波涛。

中秋望月

又是一年秋月圆，盈盈如水照九天。

阖家欢语同赏夜，情系深处最爱怜。

九马画山

游云消散碧波盈，卉茵妆点翠山屏。

人似秋雁情如水，入抱江心过长汀。

与往日同学游洛阳牡丹园

红妆翠袖适逢君，天姿国色未染尘。
欣然一笑东风里，洛城芳苑去寻春。

橘子洲有感

云水呈祥映碧空，临湘北望尽葱茏。
万山红遍今又是，风鹏正举九州同。

宋岳忠武王庙凭吊

一世英雄遗旧恨，半壁江山岂沉沦。
无愧众心祭忠烈，报国自有后来人。

函谷关怀古

西出幽谷辞崤函，著书论道五千言。
古来多少贤哲士，终得逸致崇自然。

降央卓玛

洪泽恋曲声悠扬，草原情歌韵未央。

格桑花开秋飞雁，天外余音意深长。

读李白《登峨眉山》

赏游巴蜀步云端，玉箫清越绕林泉。

万壑松风高士卧，闲来可否梦日边。

与旧友于黄河花园口品尝美食

河岸灯火泊客船，眉笑相见趣兴酣。

时令鲜蔬懒回味，鲤鱼已然腹中餐。

枫丹秋露

霜侵枫叶漫山红，羡煞黄菊醉芙蓉。

西风摇落正清浅，一片相思秋意浓。

观独舞《洛神》

翩若飞鸿展轻盈，蕙质如兰舞风情。

追形逐影时流盼，寸心柔肠洛川行。

有寄

鸟栖西山啭好音，漫向深处一路寻。

遥见云霞枫如火，凌风飘逸自不群。

重庆乌江画廊一瞥

雨霁云开渡轻舟，翠巘如画豁双眸。

江山无限多妩媚，遍览风情任客游。

题画

独立江浔又逢春，红裙似火画中人。

桃花有幸临碧水，丽影无不动心魂。

秋日山行

松云缥缈石径寒，藤漫崖际又溪边。

栖鸟孤飞无踪影，丹枫映日思故园。

又见幽兰

栖迹山谷韵意浓，天赋玉姿簇芳丛。

蕙质或共风萧瑟，兰心誓与岁峥嵘。

题长江三峡

雄关峭壁横天险，
湍急汹涌翠浪翻。
巫峡云海临深谷，
神农溪水绕清湾。
帝城托孤惜诸葛，
江舟唱吟忆谪仙。
烟波浩渺东流去，
情满峰峦诗满川。

龙亭春景

仰望朱阁于亭楼，

景色旖旎入汴州。

玉桥飞泓动光影，

平湖轻漾泊客舟。

彩卉织锦芳菲艳，

青柳拂面碧水悠。

移步园林画中看，

春风一日胜清秋。

荷花清曲

亭桥云影碧波间，
临栏相望忆夙缘。
娉婷玉立生羞涩，
飘摇弄影舞翩跹。
蜂萦娇蕊迎风醉，
鱼戏残叶入水眠。
芳心如许真仙子，
质本高洁总相怜。

夜宿农庄

回望田畴夜色临，
农家烟火焙温存。
犬吠歧径穿院落，
蛙鸣池畔浮玉轮。
依山傍水迎宾客，
烹茶添酒炖时珍。
久违乡音民风朴，
丰庆盈余喜相闻。

晚春随笔

花蕊吐艳掠眉梢，
斜倚峰岩赏石桥。
江畔孤舟客相望，
天际红霞梦已遥。
蝶啜残露探蹊径，
燕护香泥筑旧巢。
湖亭水榭怜春日，
雁唳晴空上九霄。

秋日漫步陶然亭公园

蒹葭如雪水边栽，
草没石阶印苍苔。
垂柳倒映湖浸月，
亭阁秀峙风吹台。
菊黄曾伴乐天咏，
林霏犹待醉翁来。
雅集文昌今尤盛，
纵横笔墨尽抒怀。

黄山行

绝壁千仞势天成，

层峦仄径踏山行。

芳草锦簇飞鸟啭，

瀑水奔流玉潭清。

云海涌动风乍起，

松林相映日正明。

奇峰巍峨亦高远，

凌虚如驾向仙庭。

忆宏村

一湾碧湖水中天，
两岸垂柳入眼帘。
庭院深处观事记，
农家居舍识砚田。
青石铺就前朝路，
红杨续签后世缘。
此地心系八方客，
依依惜别落日圆。

翡翠谷

苍崖耸立路桥边，
波光碧畅映青天。
彩池观竹叶正茂，
幽谷听泉水尚寒。
瑞草衔珠垂滴露，
奇石蕴玉落清潭。
人间胜景筠溪秀，
山如诗画云似烟。

雄鹰

万仞回旋逝行踪，

翾翥千里赴鹏程。

掣电搏击风疾速，

凌空啸傲岁峥嵘。

纵横始因向红日，

俯仰自当问苍穹。

最是英姿无懈怠，

直上昆仑必称雄。

秋日赏菊

枝叶葱郁草木深，
今朝俱是赏花人。
秋景新临何以赋，
俏蕊初开始相闻。
不与繁花庭园立，
甘同绿竹气韵存。
怀贞向日祛寒露，
且随东篱可修身。

凌霄花

笑靥轻开眷情长，

垂蔓窗棂自主张。

嫩叶香飘花浪漫，

柔姿艳逸色金黄。

楼台掩映繁荫重，

蝴蝶添彩夏日芳。

呢喃声婉知谁语，

云匿天际又斜阳。

夏日杂兴

芳草丛生近水湄，
花枝摇艳衬紫薇。
春去黄鹂无缘见，
心牵鹭羽安可追。
洲屿不随风势起，
红霞偏趁日暮归。
神思旷远经年事，
山川有韵志莫违。

访西安碑林

历经变迁镌书文，
光耀古今堪绝伦。
浮雕壮美丰姿秀，
碑刻雄浑旷世尊。
百家墨宝显神韵，
千年国粹摄心魂。
景云钟鸣辞旧岁，
华夏薪火满乾坤。

假日行吟

萍逢相遇景色佳，

浚潭澄澈净无瑕。

松风作罢尚烟雨，

客雁归来又天涯。

胸中丘壑悬日月，

枕上诗书感岁华。

花开两岸江波绿，

香生玉泉品山茶。

嵖岈山

奇石林立复延绵，
胜景云集伴流年。
湖光潋滟尽秋色，
山崖错峙远尘烟。
观音送子疑无路，
巨龙回首别有天。
水墨丹青抒胸臆，
卧枕松风也成仙。

初夏游清明上河园

名园瑰玮艳阳东，
亭楼水榭飞阁红。
乐伴歌台霓裳舞，
香飘茶肆酒旗风。
世代绝伎争荟萃，
千年画卷夺天工。
岸柳垂青舟自远，
波光滟滟去无踪。

城南夜市

路人亲友两无妨，
话语温存待客忙。
彩灯炫丽声清脆，
璧月空明夜微凉。
卤串麻辣烟火气，
杯盏淋漓酒花香。
曲乐悠扬消闲绪，
时序轮回意兴长。

观海

白沙岸滩散绿萝，
浮云苍狗岁如梭。
水击礁岩鸥飞舞，
步移椰林影婆娑。
长风浩荡多壮阔，
海天无际终超逴。
琼珠碎玉鸣清籁，
纵目骋怀共吟哦。

无题

室有兰馨烁星灯，

楚辞汉赋净心灵。

风撩只影银辉洒，

鸟栖东林夜色清。

锋毫遒劲堪自慰，

鹤轸依约共谁鸣。

悟贯古今通觉路，

笃定情怀啸一声。

无题

流霞离棹云水间，
悠悠天地任往还。
鹄立西江初放月，
梦系蜀山欲飞鸾。
芦风萧飒寒浸露，
亭榭无语寂凭栏。
意动形随松篁里，
一花一叶静入玄。

登鹤壁云梦山有赋

路迴山高云梦雄，

南天门上任从容。

古道纵横溢飞瀑，

摩崖峭立探栖踪。

洞天日月阴阳晓，

春秋韬略经纬通。

万里鸿鹄逸兴远，

引颈振翮向苍穹。

黄埔军校感怀

浴血国殇壮士魂，
四海英雄撼星辰。
誓师北伐同仇忾，
勠力抗战志成仁。
民族大义赤诚鉴，
黄埔精神永世存。
莫负华夏共一脉，
将进美酒逾昆仑。

戚继光

一代将门立威名，

往来征战马上行。

毕竟胸怀凌云志，

自当魂系华夏情。

斩除虏患硝烟灭，

荡定倭寇海波平。

千秋松柏为谁祭，

万世传颂忆英灵。

邓世昌

誓除强寇恨未消，

坚贞英武胆气豪。

黄海扬威冲霄汉，

甲午激战卷狂涛。

泣血忠魂明遗志，

征戍疆场铸节操。

而今共举成大业，

固我河山更娇娆。

杨靖宇

卧雪怀冰壮志坚，
草絮充饥更凛然。
松林盟誓功勋著，
劲旅挥戈敌胆寒。
怒向烽火驱日寇，
拼将热血惩凶顽。
百战英雄昭日月，
铮铮铁骨裹革还。

己亥冬日重游圆明园

阆苑遗址帝王州，
历经劫难几回眸。
风侵颓壁云欲散，
路断残桥水自流。
霸业不复失魂魄，
烟屿荒落成寒丘。
社稷兴亡史为鉴，
谁共沉吟作纪游。

登始祖山有感

浮云呈瑞烁天光，
具茨登顶放眼量。
福祉绵长铭史册，
嫡脉续承始轩黄。
肇开伦纪施政令，
聿怀厚德定乾纲。
华夏赤帜乘龙起，
策勉今贤共兴邦。

题三门峡天鹅湖

千里纷飞上阳城，
万顷微澜又相逢。
情系湿地舒白羽，
流连沃渚鸣心声。
浴波起舞戏春水，
凌空生姿掠清风。
民殷物阜共珍重，
三门九曲踏歌行。

珠江之春

红棉紫荆万象春，

云水丰韵争相吟。

潮起西岸翻碧浪，

景缀花城溢清芬。

凌空辉映华厦立，

蔽日风和榕径深。

文脉由来呈鼎盛，

商舶自古向国门。

水仙花

天葱馥郁沁心怀，

初寒不减独自开。

春沐朝晖庭前绿，

秋凝珠露水中栽。

风摇玉朵梨花妒，

义结金兰故人来。

我欲倾心拈新韵，

淡墨轻描莫迟徊。

青海大柴旦翡翠湖拾句

涤尽沙尘遍游辙，
依恋无限总相合。
风吹四季悬日月，
光照奇境化心结。
海西湖色盈碧玉，
晶波画卷坠平泽。
长愿云水靓如雪，
流年嬗变也成歌。

癸卯秋赏金塔胡杨

千里征衫赴异乡，
平陂曲转任徜徉。
劲姿吐金因霜染，
浮光映带随风扬。
林岸餐云泊枯苇，
秋色连天泛苍黄。
一泓如镜疑隔世，
洗尽铅华入八荒。

张掖七彩丹霞景区掠影

雄奇亘古万象开，

倾心几许净无霾。

神工异彩乱皴染，

丹岩地貌迎面来。

祁连峻峨堪瞩目，

丝路峥嵘必抒怀。

但存雅兴酬天地，

欲近高标复登台。

游惠州罗浮山

儒释道学又先贤，
一方水土一片天。
瀑流喷涌相激漱，
烟云缥缈自盘旋。
丹灶寻仙抱朴子，
松林栖鹤五龙潭。
筇杖屐痕多往复，
杨梅荔枝次第鲜。

外滩之夜

潮波奔涌荡浮尘，
浦江如画渡游轮。
沪塔穿云灯光秀，
霓虹满天景色深。
弦歌委婉聆清韵，
季风盈溢醉游人。
绮梦同圆传佳话，
铸就繁华历世存。

山村秋行

翠岭西风雁南飞，
果鲜稻实正秋肥。
半坡黄瓜枝叶绿，
满园葡萄藤蔓垂。
汤茶入唇忆旧友，
笑语盈耳畅心扉。
行旅未尽平生意，
身似飘蓬向林隈。

农历正月观中原民俗视频节目后有作

戏衣锣鼓尚民风，
旱船竹马伴游龙。
纸剪窗花吉祥意，
足踏云阁童子功。
高跷献艺金狮舞，
唢呐闹春幡旗红。
联袂同庆沽新酒，
香醇浓郁沁心中。

早春杂咏

浮生不觉岁月长，
往事何曾细思量。
几案笔削竹枝瘦，
仙芽水煮更夜凉。
心入静时梦已醒，
情于深处梅亦香。
待到阳春煦日起，
江行千里下潇湘。

读杜甫《茅屋为秋风所破歌》

独立寒秋叹此生，

夙愿未酬祈安宁。

半世漂泊失定所，

君前直陈已难凭。

草庐清咏擎高节，

蜀地遗韵缀繁英。

纵有诗章名天下，

奈何风雨总无情。

致南海军演

戎装入列战旗前，
雄狮劲旅续新篇。
砺刃试剑鸣号令，
劈波斩浪驭海天。
龙威虎略目如炬，
钢魄铁魂志若磐。
银鹰呼啸同奋袂，
万里疆域誓征帆。

骠骑行

故关边月雁飞高，鏖兵沥血染征袍。
剑戟黄沙丹心铁，漠北旌羽战骑飙。
雄姿英发威长在，功勋勇冠势未消。
寄命勿忘平生志，祭礼天地奉汉朝。

万千慷慨荡胡尘，阴山瀚海天地昏。
披坚踏马溅飞雪，执锐征鼙奋虎贲。
引弓按箭几多令，开疆辟土不世勋。
星夜已随烽火冷，迄今犹忆霍将军。

登三黄寨有怀

丛林积翠入群峦，
憩息北望竞春妍。
壁若剑刃峰直立，
身似野鹤思渺然。
灵霄顶礼敬人祖，
清风拾级步云端。
嵩山形胜容万物，
只在天地经纬间。

致港珠澳大桥

雄风浩荡碧波涌，

南国沧海贯长虹。

奋力九载通天堑，

纵横三地腾巨龙。

功垂史册辟新境，

蜚声遐迩越时空。

直挂云帆逐梦远，

华夏鸿猷共昌隆。

贺共和国七十华诞

五星绚丽沐朝阳，
壮美中华自奋强。
鼎新革故增福祉，
励精图治振乾纲。
巡天探海丰碑铸，
富民兴业国运昌。
逐梦神州凝巨力，
号角催征赴远航。

秋夜遣怀

西风寥落起幽思，

澄怀静观正此时。

叶飘庭阶待露砌，

目触秋槐对月痴。

绮梦倏烁灵光现，

韵律低回彻夜织。

逸景不复情犹在，

书海拾贝亦吾师。

冬日黄昏游玄武湖感怀

南眺余晖气象殊，

堤岸沧波泛青凫。

一塔高耸偿夙愿，

五洲环峙冠平湖。

懋迹尚存城垣立，

阕词唯崇旷士书。

自古盛名多罹患，

而今承运展画图。

秦淮赏灯

纳福呈祥次第迎，
水岸风微设花灯。
糯粥平添冬夜暖，
火树堪比皓月明。
一种情怀诗心动，
几处红妆丽人行。
民俗佳趣兴未减，
丹青难写亦倾城。

秋日游茶卡盐湖遇风后有作

寄旅高原沐长风，
大美青海醉秋瞳。
雪峰不墨频入画，
镜湖无瑕欲飞琼。
顾目身影情犹切，
澄怀水岸兴正浓。
晶花云海飘玉带，
四野空灵境象融。

访陕西历史博物馆

周秦汉唐犹可追，探源觅踪衽成帷。
神韵妙合图增色，玲珑邂逅玉生辉。
物华依旧嗟岁月，社稷只堪留史碑。
斜阳故垒曾记否？沧桑难诉喜与悲。

刀耕火种赖天泽，烽烟四起扫六合。
京苑宫阙唯黄土，龙鼎玉玺皆斧柯。
每逢长安怀旧迹，常忆名胜赋新歌。
物情至此多感慨，自当踔厉奋开阖。

题莫高窟壁画

佛图云锦四壁生，
慈和满面始相迎。
翩旋秀逸飞天舞，
吉庆呈祥凤鸟鸣。
千尊禅定成正果，
百戏宴乐共升平。
神工造物开境界，
于心深处尽光明。

重游三峡

巴蜀情怀几度寻，
竹枝词曲又相闻。
瞿塘峻石峰为骨，
巫山烟雨水聚魂。
剑壁高悬千岭秀，
茂林葱郁万木春。
一江清流碧如玉，
心似潮涌逐浪奔。

咏嵩山

嵩岳日照数千峰，
绝壁巍峙亦峥嵘。
长河映带山野阔，
飞松逸秀浮云横。
古刹邃严三教立，
社稷兴盛九州同。
归去来兮风相送，
欲上峻极路几重。

武汉植物园

林木丛艳绿成荫，

池畔姿影往来频。

叶繁矜贞不秋草，

蕊黄香浅虞美人。

春色盈园凌风展，

城苑撷景入眸新。

幸是东君送暖照，

一朝倾尽又此辰。

访苏州园林

正秋幽泠水之滨，

曲径斜桥树鸣禽。

廊前垂柳绿轻染，

湖畔亭台趣相寻。

沧浪对弈知进退，

桂轩题匾唤高吟。

此意倏然得真趣，

风景自清动客心。

留园撷景

宛若天开秀色姝，

云冠仙苑赏石图。

荫蔽池水濯荷影，

目移窗棂透绿竹。

恬静应和陶公啸，

畅怀谁同右军书。

相逢不用忙归去，

杨桃菜圃亦吾庐。

游大明湖

平湖环翠丽波盈，
百脉成溪汇泉城。
鱼嬉荷曳风拂柳，
日照云集树鸣莺。
齐鲁游憩寻画舫，
文人雅集莅客亭。
斜廊曲阁多佳境，
佛山倒映任徐行。

大唐芙蓉园

瑶台熠熠斗芳妍，
湖光绰影不夜天。
花火迷离亭上月，
霓裳艳丽水中仙。
画桥石舫蓬莱路，
唐宫金殿盛世颜。
曲江声乐疑若梦，
竞逐繁华古今弹。

读文徵明滕王阁序书法长卷有作

楚水湘天散淡云，登高作赋五湖春。
松壑飞泉游烂漫，溪桥策杖起氤氲。
纸本洇润从风雅，砚池精研贵性真。
兴来走笔多俊秀，神追晋唐立吴门。

逸兴遄飞过江州，南国归棹自优游。
鹤瘦松青聚名士，窗明几净写春秋。
书承古法殚心尽，墨浸华章意象悠。
苦心挥毫渐化境，腕底生风竞自由。

夜游秦淮

秦淮乌巷两相和，
浮生一笑待夜泊。
画帷窗前初赏月，
素琴声里已闻歌。
篷船漂荡逸情致，
灯火余欢胜轻奢。
繁华市井长如此，
流年共惜揽清波。

聆听《父亲的草原母亲的河》

碧草无垠著花香，

纵马驰怀晓风凉。

魂牵牧原宜沽酒，

雁唳云天又思乡。

慈爱如歌笳音渺，

韶华似水春色长。

蓦然毡帐炊烟起，

至今依旧暖心房。

少林观武

少室北麓环劲松，诸艺师传技无穷。
心与意合疾如电，气贯形随猛似龙。
拳脚凌厉金刚势，腰身闪转罗汉功。
武林竞逐名千古，勤德健体共殊荣。

乘兴重游襟抱开，碑文寺塔又秦槐。
达摩传教弘佛法，僧众习武壮筋骸。
行功运气方策力，经霜历雪始成材。
棍剑无痕刀出鞘，迅疾如风扫尘霾。

赏秋林霜叶山水图

闲兴藜杖掷路陂，

游云缥缈景相随。

瀑水直下烟尘远，

卉木扶疏绣羽飞。

日光增辉映红叶，

花青设色铺翠微。

气脉连绵一挥洒，

墨韵天成尽崔嵬。

春行寄语

红尘紫陌又山前，
听取黄鹂向林泉。
轻雨添诗风写意，
花溪唱吟水弄弦。
浮沉恰似云霞灭，
澹默犹存梅雪怜。
崖上松柏江边月，
纵览无限续情缘。

黄令仪

躬行致远逐梦深，
高山景行万众吟。
耄耋犹自勤奋勉，
巾帼何惧历艰辛。
砺志求索誉华夏，
倾情忘我报捷音。
使命担肩奠基业，
桃李盛开敬斯人。

登庐山五老峰

寻幽揽胜意所从，

时逢夏日此山中。

极目青峰钟灵聚，

羽化天尊气势雄。

身齐飞鸟云生处，

雾漫巉崖影无踪。

浮华原本人间事，

而今直赴谒山翁。

观《大宋·东京梦华》大型水上实景演出

清明长卷越时光，
异域朝觐笙乐扬。
灯宵云辇佳人舞，
汴水兰舟酒肆香。
玉盘悬镜映宫阙，
剑戟连营佑国邦。
薪火千载强基业，
再创新纪屹东方。

登老龙头澄海楼有感

巨龙昂首镇边关，
天开海岳水陆连。
烽台际会曾喋血，
雪涛奔涌尚征帆。
寄思幽蓟迎朝旭，
铭文青史警河山。
襟怀自有浩然气，
倾情笔墨亦成篇。

与妻结缡三十载感题

青阳启瑞趁东风，世路崎岖形影从。
云霞劲松山峰上，蕙兰碧玉厅堂中。
执手漫忆春心暖，凝眸共怜烛火红。
逍遥世外寻真趣，浅酌低吟续情衷。

晨昏寒暑又新晴，素弦叠韵兴难平。
临岸称羡湖色美，凭栏倚望桂轮明。
彩笺题记尽珍重，秋雁南飞共远行。
惜恐风销耽解语，自吁才疏不胜情。

秋日旅怀

放眼云台送日轮，

竹径葱郁鸟鸣深。

青山诵咏风满袖，

洞庭行旅岁留痕。

溪流泉韵起声乐，

木樨芳馨沁心魂。

遍寻秋华晴川渡，

披襟岸帻立黄昏。

漓山印象

桂楫轻舟复浅滩，
碧波如镜竞往还。
稻香水酿三花酒，
神工壁立一洞天。
且随江流入画境，
幸得山麓礼普贤。
最是回眄闲乘月，
似曾相约续清欢。

火箭军军演

大漠风疾山万重，

丹心烈焰势恢宏。

力穿云雾擎天戟，

气壮乾坤跃苍龙。

千钧问鼎必奋厉，

九霄惊雷敢争雄。

今朝运祚彰正义，

戍边卫国共殊荣。

祝融峰纪游

放怀青峦立峰巅，
一轮红日霞满天。
攀缘绝顶洞庭阔，
送迎云海翠屏悬。
凭栏远眺升朱雀，
临风顾盼登玉坛。
禅修般若烟尘客，
问道南山赤帝前。

访常德诗墙

春风十里共情真，

胜日崇光作长吟。

芝兰艺苑芳馨郁，

词赋铭镌意韵深。

秦篆魏碑千秋业，

名贤墨客九州魂。

缀玉联珠潇湘处，

沅江觞咏又逢辰。

游黎阳东山感吟

续承太行起孤峰，

极目天光物景明。

石径幽回傍溪水，

侧柏参天立中庭。

石亭肃静思夏禹，

摩崖寄意赋诗情。

千古先贤尤精进，

功崇惟志济苍生。

秋日芦花

沐雨经霜从鹤姿，芦絮翩飞又几时。
碧波叠影鱼戏水，栎树依山鸟啄枝。
湄畔歆唏伊人去，江州恻悯青衫湿。
每逢归雁追思远，枯荣聚散两由之。

璧阴流转任剪裁，魂系潇湘复徘徊。
水镜舒缓泊有岸，花姿飒洒净无埃。
逸致何须餐风雨，旷达终将释情怀。
试看秋寒残叶起，诗心抖擞踏歌来。

题崂山

海天山色幻无穷，
绝壁高悬亦从容。
寒潭击水惊玉瀑，
奇峰观日映晴空。
巨石巍奕觅仙迹，
云洞氤氲立劲松。
曲壑流泉声听远，
临栏遥看更葱茏。

鼓浪屿

景象如春物产丰，

历尽沧桑博盛名。

鹭江远望篷船渡，

海礁击浪逸情生。

皓月园中叹英烈，

日光岩上啸天风。

楼台余韵今犹在，

琴心激越奏和声。

武汉东湖

芳园幽径绿成茵，煦日乘舟总怡神。
云影天光晴方好，山峦岛渚景更深。
林苑同看丹顶鹤，水榭常伴赏鱼人。
衔取轻风扬丝柳，欢语如歌又相闻。

奇峰列翠江城东，长湖浩渺映苍穹。
清波万顷明心境，胜景八方入亭栊。
慕羡欣闻编钟曲，凭栏顾盼水芙蓉。
待到他年重游日，登高遥看雨后虹。

山中杜鹃

碧丛繁英相看久，
梅妆紫面秀枝头。
一种风情深有韵，
满目春思却含羞。
山石衬映即日暖，
竹林斜逸曲径幽。
人言四月时令好，
且任身心赴远游。

仲冬庆祝母亲九秩寿诞

椿年殷喜贺寿辰，
勤善茹苦报母恩。
一生系念终为爱，
满目慈祥最可珍。
青衿膝下行孝悌，
皓首堂前享天伦。
寸心唯愿岁长久，
厚德沛霖润深根。

峨眉揽胜

登高俯瞰蜀江平，
雾岚飘散动心旌。
鸟啼枝绿花临水，
泉潺蝶舞客依亭。
松筠云绕隐祖寺，
金顶钟鸣诵禅经。
嵯峨灵秀天际远，
青山陌野夕照明。

岳麓书院寄怀

亭畔绿筠四时新，茶郁书香遍华林。
悲欢叙意知兴废，俯仰相看论古今。
育才唯教师为范，研学于勤品贵真。
活水溯源传正脉，千祀盎然亦绝伦。

群山翘望红叶姝，弦歌不辍皆鸿儒。
湘水扬波连彼岸，杏坛求索越平芜。
堂前折桂堪励志，斋中明雅好读书。
人文渊薮名四海，济时行道共一途。

季暑访无锡灵山景区感题

岭峦环抱日新晴，
天光映照俯看平。
拾级攀缘向云道，
焚香顶礼谒祖庭。
花开莲动池水涌，
世泰景明声乐鸣。
远隔尘纷孰着相，
了无一语涤心灵。

殷墟有感

文渊古邑史迹丰，
洹河两岸忆旧容。
朱书石器载日月，
刀刻龟骨占吉凶。
王陵铸鼎功犹在，
帝辛失众业成空。
绝唱千秋留墨客，
殷鉴长鸣警世钟。

岭南寓怀

芰荷摇曳色半匀，
舟泊柳岸异乡人。
风轻叶垂灌丛绿，
日暮蝶飞嶰壑深。
遍览云霞天自阔，
坐拥山水性犹真。
今宵别去情未老，
一片冰心似玉轮。

漫游重庆黑山谷景区

峰峦高耸逝云烟，
远近无尘曲径连。
岩崖深陷似龙穴，
瀑雨飞倾化玉潭。
凝看花蝶林中舞，
步履溪桥水上悬。
最是闲适无俗累，
此境悠悠惜流年。

题西湖

胜景万顷碧湖中，
空水行舟逸兴浓。
双翼扑飞白鹭起，
十里娉婷藕花红。
日转星移迭岁月，
心随梦萦觅游踪。
霞满西山又青浦，
情系南屏送晚钟。

兴隆热带植物园

葱郁成荫曲径深，
满园清新共相寻。
紫萼轻绽微风起，
绿兰欹斜暗香沉。
芭蕉丛生遍珍果，
椰林挺秀绝纤尘。
浓酽热饮留客醉，
南行北往四时春。

题《半山听雨》古琴曲

信意轻弹指上风，

珠玉落盘韵不同。

云心隐约红尘外，

新雨淋漓竹影中。

恬澹情思由诗兴，

清泠古乐随禅宗。

潺湲溪水流不尽，

直至梦醒犹闻钟。

读夏承焘《浪淘沙·过七里泷》有感

波平如镜豁胸襟，
远峰错落漫相寻。
轻舟羁旅云在水，
江畔日落鹤归林。
引钓东麓严光醉，
寄予桐庐苏子吟。
遥知别后行千里，
追怀无限情更深。

咏嘉峪关

势险天成踞要冲，
沧桑未改旧时容。
筑垒边陲载青史，
勒铭勋业贯西东。
峰峦聚散祁连雪，
戈壁送迎大漠风。
襟怀蓝图昭日月，
再创丝路济世功。